언제나 스탠바이

이나영

한양대학교 국어국문학과 졸업.
2014년 〈매일신문〉 신춘문예 시조 부문 당선.
nucci@naver.com

언제나 스탠바이

—

초판 1쇄 2020년 3월 31일
초판 2쇄 2020년 7월 17일
지은이 이나영
펴낸이 김영재
펴낸곳 책만드는집

—

주소 서울 마포구 양화로 3길 99, 4층 (04022)
전화 3142-1585·6
팩스 336-8908
전자우편 chaekjip@naver.com
출판등록 1994년 1월 13일 제10-927호
ⓒ 이나영, 2020

—

* 이 책의 판권은 저작권자와 책만드는집에 있습니다.
  이 책 내용의 전부 또는 일부를 재사용하려면 양측의 동의를 받아야 합니다.
* 이 책은 서울문화재단 '2019년 첫 책 발간 지원사업'의 지원을 받아 발간되었
  습니다.

—

ISBN 978-89-7944-721-7 (04810)
ISBN 978-89-7944-354-7 (세트)

책 만 드 는 집
시인선 143

언제나 스탠바이

이나영 시집

책만드는집

흩어진 날들을 뭉쳐 치대는 일.

코를 간지럽히던 물음을 훔친다.
얼굴이 자라나 단단해진다.

나를 집어삼킬 계절이 올 것이다.

−2020년 3월
이나영

| 차례 |

2부

3부

4부

1부

숨바꼭질

이를테면 두 번째 칸 화장실을 매번 쓰고
딱 그만큼 어두워진 밤, 같은 길을 걸어가고
밥상도
동일한 밥상
이맘때를 생각한다

행간이 감감하다 보고처럼 쓰는 일기
얼음 녹는 속도만큼 밀려나는 일상이라면
그럴까
내가 숨을까
난독의 동공 속에

잠금 해제

어쩌다 떨어졌나
두 번째가 휑하다
단추 없는 단춧구멍
일 인분의 외출
성기게 뜯어진 말이
삼인칭으로 들려온다

비스듬히 걸어가는
문밖의 시든 풍경
한 번씩 휘청대다
긴장하며 바로 선다
너 없는 내가 있을까
나 없이도 네가 될까

못갖춘마디로 끝나버린
홀로 남은 약속, 약속

두 손은 흩어지고
표정에도 올이 풀려
우리가
놓인 자리를
조금씩
기워가는

환 공포증

동그라미 여러 개
그것도 자잘하게
무덥게 득실거리면 소름이 돋는다고
덜 녹은 설탕 알갱이도 쳐다보기 두렵다는

석류가 붉게 익어
속살을 내비칠 때
알알이 꽂혀 있는 그것을 볼라치면
입술에 가끔씩 터진 물집이 떠오른다는

귀를 접고 구를수록
자라나는 둥근 얼굴
방향을 틀지 못해 말없이 다문 표정
모나게 사는 건 어때 어디로든 달아나게

흑점 黑點

한사코 뿌리치는 너의 어지럼증엔
무언가 있지, 싶은 가을날 해거름 녘
비밀리
자라고 있다던
뇌하수체
꽈리 하나

좁아진 시야만큼 햇빛도 일렁인다며
태양의 밀도 속에 움츠러든 코로나처럼
궤도를
이탈하는 중
너는, 늘
오리무중

젖은 말의 안목

화장실 타일 사이 곰팡이 바라보다
튕겨난 어휘들 가지런히 놓아본다
비워낼 몹쓸 말들이
소문내며 핀 저녁

끝없이 침이 튀어 그만 말을 줄였더니
문장도 되지 못한 흐트러진 말의 각도
제 등을 맞대고 선다
한 몸이 되기 위해

뱉어낸 문장들이 네 쪽으로 부딪힐 때
말의 조각들 어디서도 찾을 수 없고
깊은 숨 틈새에 끼어
돋아나는 낯선 발음

모래시계

모르는 몸부림들
쓸면서 내려간다
알은체할 수 없다
그저 빤히 바라보며
엉겨서 쌓여만 가는
비밀을 눈치챘을까

숨마다 품어왔던
절정이 밑에 있대
지진처럼 떨어지는
수직의 환호 소리
처음이 마지막처럼
뒤집어서 처음처럼

보이지 않는 관객을 향하여

목소리 잃어버린 시선만 진득하다
혼자뿐인 길에서도 매무새 가다듬고
하루에
몇 번이더라
언제나 스탠바이

비밀 없는 원테이크 나대로만 행동할 것
걸음마다 따라붙으니 매사에 조심할 것
찍힌다
두리번거리며
숨어드는 당신까지

여기 누구 없어요

나 아닌 듯 웃는 사연
모니터에 밀어 넣고
칸칸이 구겨 적는다
가능하면 늠름하게

조작된 사용 설명서
뒷덜미로 새어날까

비대칭의 밤을 지나
그림자만 남은 내가
허기를 부풀리다
끝끝내 소화불량

지워야 채울 수 있는
쪼그라든 여기, 나

정전停電

불현듯 쳐들어오는
어둠에 안겨든다
관성의 법칙으로
그러나 꼼짝없이

적들은 일제히 숨었다
저릿해진 한순간

읽다 만 책장 위
그윽해진 밑줄 몇 개
너와 이은 필라멘트
끊긴 지 오래인데

단 한 번 긁힌 적 없는
섬광으로 빠져든다

시차를 두고 있는
눈동자 움직임을
누군가 엿보다가
맞바꿔 던져버린

자라난 검은 구름이
목덜미를 건드린다

냉장고 파먹기

오늘도 다 쏟았지 하루치 일용할 말
남아서 아쉬운 건 밀봉해 넣어야지
날마다
저장해둔 것
어쩌자고
쌓이는지

구멍 난 목소리에 혓바늘 돋아나면
불안한 쉰내 품은 냉장고 열어볼 차례
무심히
채우기만 한
단어들을
꺼내볼까

끓이고 튀겨봐도 시들고 엉겨붙어
멋대로 어긋나선 배 불리지 못할 맛

몰랐지
아니 알았나
지나간
말의 유효

사이렌은 울리고

미숙한 충고란 건
이토록 시시한 일
연거푸 마셔대도
마른침만 삼켜지는
빤하게
툭, 던져진 말
미간으로 흩어진다

수천 마리 벌 떼들이
입 밖으로 쏟아진다
서로의 찡그림을
마주하고 있을 만큼
지난한
우리였나요
괴괴한 숨만 남은

내민 손은 주워 담고
울지 못한 등을 돌려
배경만 남은 식탁
고갯짓이 저물어간다
이름을
털고 갈까요
캄캄한 제자리로

카니발의 시작

뱉어낸 한마디가 시큰하게 박혀 있는
빗장뼈 어디쯤일까 못 자국 난 언저리에
다 마신 맥주 캔처럼 구겨진, 내 얼굴

엄지로 꾹꾹 찍던 놓쳐버린 문자들이
허공을 더듬다가 제풀에 굴절되면
뜨겁던 말과 말들이 식어간다, 한 방울씩

맺히다 떨어지는 눈물의 옹송그림
농도 짙은 몇 마디가 흩어져 직립하다
기우뚱 지구 한쪽이 젖어든다, 남모르게

Answer Is Simple*

중심 잃은 몸을 향해
시선을 새길 거야
심심풀이 점치듯이
어디라도 집어 들어
충분히 난타해볼래
꾀병을 앓고 싶어

때린 곳을 매만지며
방에 누워볼까
멍 자국의 신음 소리
눈동자를 뱉어내면
짙어진 눈물만 모아
링거를 꽂을 테야

* 오라클 카드의 이름.

귀지

침 삼키면
바스락대는
귓가에 묶인 너

달팽이관
너머까지
먼 세계 건너오면

구부린
새끼손가락
약속인 듯 파내본다

조감도鳥瞰圖

혼잣말 중얼대며 옥상에 올라간다
밖으로 새어 나갈까 꼭 잠근 창문 사이
납작한 그림자의 방
악취가 새어 나온다

말라서 비틀어진 베란다의 화분처럼
식은 밥을 수북하게 욱여넣던 입을 열어
이끼 낀 새벽을 뱉느라
고개가 뻐근하다

축축해진 베개 밑에 두 손을 넣어보세요
오늘 밤 잠들면 꿈꿀 수 있을까요
소리쳐 부르다 보면
메아리도 돌아올까요

2부

고양이를 부탁해

불 켜 든 가로등 밑
비틀대는 짧은 치마

음습한 거리에서
풀린 눈 치켜뜬 채

포자로 옹글진 울음
난반사로 번져간다

허물어진 골목 위를
활보하는 길고양이

반쯤 끊긴 울음의 결
네 삶을 네가 할퀴어

뒤엉킨 목덜미 핥으며
밤을 단장해야지

대답해보시오

지원 동기와 그 포부를 기술하시오

단지 돈 벌려고
거기서 더 잘 벌려고
아무리 기술해봐도 거기 나는 없네요

자신의 성장 과정을 자세하게 기술하시오

아직도 성장 중인데
어디서부터 말할까요
몇백 자 그 몇 마디로 함축되는 삶이라뇨

살면서 가장 헌신한 경험을 기술하시오

살아내는 자체가
헌신인 삶이건만

얼마나 더 버텨내야 이기심이 용납될까요

삶이라는 단어는 자꾸만 쪼그라들고

빗금 쳐진 시린 시간
얼얼하게 빠져나가면
딱딱한 이름만 남아 낯선 나를 파고들어요

버뮤다 삼각지대

아는 사람만 안다는 신촌역 4번 출구
은근슬쩍 짝을 지어 쌓아둔 빛 꺼내면

빨갛게 돋아난 맹세 방마다 타오른다

여백만 움켜쥐는 풋내 나는 사랑
속옷은 쉽게 벗되 가면은 눌러쓰고

찜찜한 얼굴 감추며 계단을 넘어간다

절벽에 올라탄 입술 눈물을 핥아 먹고
물살 빠른 시간들이 거울 속에 흩어진다

골목을 휘돌아 나온 바람결도 멋쩍은

면접비의 쓸모

서툰 응답으로 주사위는 던져졌다

기다리다 깎여버린 정육면체 젊음들이

무던히 굴러다니다 소주잔에 담긴다

꼬리표 달고 있는 물음도 마찬가지

굳어버린 마침표만 둔하게 찍혀있는

부서진 고딕체의 고백, 목구멍에 머뭇댄다

별안간

이런 게 사는 거구나
정수리가 저릿하다
한순간 나도 몰래
내뱉는 감탄 중에
지켜온 오랜 반경이
확장될 때가 있다

수다스런 노래가
체온으로 녹아들고
나 아닌 듯 나인 것이
참으로 신비로운
비명도 나를 통과한
계절이 돌아온다

새벽 네 시

일 분 만에 끓어오르다
일 분 만에 뱉는 탄식

지우려고 나는 쓰고
보기 위해 눈을 감네

온몸에
수상한 낌새
새겨 넣는
이맘때

쥐

자는 중에 오신다
발끝부터 허벅지까지

관절 사이 감추어둔
비밀을 캐려는 듯

못다 한
성장통인가
밤잠을 묻고 간다

비우지 않은 것들
제멋대로 엉켜든다

욕심이 남았는지
격렬하게 움츠린다

팽팽한

근육 사이로

지나가는

쥐,

난다

뒤꿈치가 두렵다

늘 같은 기분으로 딛고 선 게으른 발

새 신발 한 켤레면 어디든 갈 수 있지

2만 보
허물을 벗듯
함성으로 걸어간 날

절뚝대다 선명해진 발자국 돌아보니

엉뚱하게 다녔구나 갈 필요 없는 곳도

비밀을
들킨 거 아냐?
뒤꿈치가 붉어진다

44

뺨

드라마 주인공이 무방비로 뺨 맞는다
순간 손바닥으로 두 볼을 문지른다
겁먹은 강아지처럼
내가 왜 떨리는가

화면이 바뀌면서 강물이 반짝이고
기대앉은 남과 여 나지막한 두 어깨가
흐릿한 실루엣으로
한참 동안 출렁였다

꽃물 든 뺨 위 나선으로 파고드는
무심한 연애사 역광으로 보는 저녁
얼굴을 들었다 놨다
안달하듯, 고대하듯

십자드라이버

헐겁게 돌아가는 우리의 나사들이

귓바퀴에 매달려서 끊임없는 신경전이다

가끔씩 목소리마저 망가졌나, 풀어졌나

책상 서랍 깊숙이 숨겨놓은 너를 꺼내

별들과 별들 사이 음계를 조율하면

내 안에 잠든 운율도 노래가 될 거야

눈물도 월세

눈물을 저장해줄
눈물을 퍼트려줄
그런 곳이 서울엔 없다
넓고도 비좁아서

양 볼에 난반사되는 눅눅한 네온사인

말이야 신촌이지
구촌보다 더 후미진
늘어선 쪽방 골목
월세만큼 흘린 기분

불 꺼진 가로등 아래 그림자가 수북하다

루시드 드림Lucid Dream*

한순간도
고요한 적 없는
생각이
꼬리를 문다

꼬리에서
가지를 치는
사뿐한
눈발처럼

그럴 때
확, 쓸어내 줄
무엇은
또 없을까

쓸데없는

호기심이
나를
키워냈듯이

질문은
질문으로
스스로
답을 찾고

생각을
버리지 말자
알아서
지워진다

* 스스로 꿈을 꾸고 있다는 사실을 자각한 채로 꿈을 꾸는 현상.

화이트아웃

모래바람 들쑤시는 옆구리 무너질까
구름 껴 볼 수 없는
경계 모를 꿈을 품고
하얗게 삼켜버린 채
질리도록 걸어간다

눈 내린 눈동자 깊숙이도 숨겨두었다
실눈으로 더듬대는
내 것과 네 것 사이
짓무른 낮과 밤들이
창백하게 지나간다

시야가 트이기를 기다리다 굳은 이마
고요한 주름 사이
쏟아지는 나의 궤도
뭉개진 기억 더듬어
제자리 찾아가길

쇼룸

우두둑,
목 돌리니
툭 떨어진
표정의 맥박

입 다문
오늘 하루
이리저리
굴러다니고

닳도록
다져낸 얼굴
자리 찾아
전시하는 일

버릇

터졌다
아물었다
입술의 흔적들이
불안한 손끝으로
돌아오는 눈먼 흉터
퍼지는 망막의 잔상 비벼서 또 건드린

뭉툭해진
그림자도
제풀에 날아가는
여태껏 식지 못한
열기 혼자 삭여가며
하얗게 소모된 시간, 닳고도 남아 있는

쓰고 달다

점심엔 이걸 먹자
저녁엔 무얼 먹지?

두들기던 타자기에 팝업되는 정지 화면

재빨리 혀끝에 모여
퇴근을 재촉한다

불쾌한 쓴맛들은
내게로 와 득이 된다

발 빠른 맛의 궤도에 진입한 혀의 능력

하나로 점철되는 맛?
어디에도 없는 맛

미완未完

절기를 지나가는
서툰 여름 지켜본다
겨울과 봄 사이
얇아진 몸짓들

투명한 돌멩이 쥐고
커튼 너머 던져본다

오늘도 어제라며
눈물을 글썽이던
길목의 말소리가
꽃그늘에 짙어진다

등 뒤에 입김 불어볼까
당신 없는 땅끝으로

3부

그날의 영정 影幀

만발한 꽃들 앞에서 마음껏 웃고 있다

거기가 좋다고 다시는 안 오겠다고

등 돌려 스러져가는 얼굴을 수습하며

네가 불러들였구나, 질색하는 흰 국화

얼떨떨한 나를 멀끔히 바라보더니

건너편 줄 선 꽃들과는 뭘 좀 아는 눈치다

비상구 탱고

물걸레 빨아 널고
고무장갑 벗어내고
비상구 계단에서
빵 한 쪽 뜯고 난 뒤
화장실 한쪽 구석에 밴 땀을 말린다

보이지 말란 말에
갑갑한 숨을 잡고
환경도 미화도 없는
지하로 내몰리고
참았던 마음 쏟듯이 쓰레기통 비워낸다

반도네온*
리듬으로
저들의 목청 속에
거친 숨

몰아가며
오랫동안 춤을 춘다
악센트
발끝에 실어
찌든 날 걷어찬다

* Bandoneón. 탱고를 연주하는 대표 악기.

무릎 꺾는 아이

제 것이
아니었던
손과 발을 바라보다
고쳐 쓴 이름마저
자라나 삐뚤대는

수능을
며칠 앞둔 날
제 발자국
지운 아이

책상 위
진열됐던
소녀는 뭉개졌다
꼭 다문 입 밖으로
새어 나온 혼잣말

한 번쯤
    공중을 나는
        새가 될 수
            있는 걸까

도마뱀 꼬리라면 잘라낼 수 있다지만
한 벌뿐인 목숨이란 그런 게 아니어서

        시리다
하늘 반쪽이
        아프다
땅 반쪽이

잡초라 부르지 말아요

제 깜냥 그대로만
시린 겨울 묻지 않고
다투어 언 땅 뚫고
초록 물 끼얹는다
남다른
너의 성장통
조심스레
커밍아웃

뽑는다 사라질까
외면한다 돌아설까
등 돌려야 볼 수 있던
두 눈을 마주 보며
날마다
새로 외친다
들어줄 귀
어디 없냐고

엘리베이터

내 손에 들린 것이
흰 지팡이일 겁니다

손끝으로 귓전으로
경로를 탐색하죠

생기 잃은 잔상의
행방을 짚어내요

더듬어 층을 찍자
길들이 일어납니다

있어도 여기 없는
몸뚱아리 내려앉고

온몸이 레일입니다
누군가 달려갑니다

슬로 모션

바쁘게 달려가는 정류장의 사람들
가로 멘 가방끈 꼭 쥔 손을 바라본다
욕심도,
바람도 없이
덩그러니 앉은 그녀

갈변한 눈빛으로 질린 숨 게워내고
한숨도 쉬지 않는 꽉 다문 입술 주름
어딜까,
향하던 곳에
갈 수는 있는 걸까

시간은 굴러가며 얼굴이 된다는데
이물이 가득 섞인 그녀의 세월
지운다,
못 들여다본
발자국들 비껴가며

일몰 위의 불청객

강남역 플랫폼 벤치
커다란 가방 주인
두 눈 질끈 감고
지하철에 오르더니
오천 원
자존을 걸며
외워둔 말을 푼다

눈치의 재촉 속에
언제나 외로웠을
초대받지 못한 웃음
더디게 꺼내본다
누군가
길 좀 터줘요
견디는 발 앞으로

출근 버스가 수상하다

아, 하고 한숨인 듯 어깨 굽혀 내뱉는다

무표정의 무리들 물컹하게 몰려 있다

그래도 꿈은 이뤄져? 엄지에 힘을 준다

도착한 정류장엔 음률이 사라진다

출근을 하기 위해 살아가는 사람인 듯

자신을 지우는 아침, 버스 안이 텅 빈다

Fade Out

반 토막 난 시신이 하천에서 발견됐다고
뉴스의 한 장면이 담담하게 지나간다
낯설다
무표정함이
앵커의 목소리가

불어난 손과 손이 멀리 가지도 못해
가쁜 숨 머금은 채 수면 위로 떠오르면
갇힌다
거역 못 한 채
기도하는 젖은 몸

달동네를 훑다

버려진 족자 사이 떠도는 고양이
고개 든 포클레인 흙덩이에 덮일까
배고픈 봄바람 타고 구덩이를 질러간다

무덤 같은 그곳에도 봄볕이 찾아와서
강아지풀 한 더미 한나절 놀고 가면
눈치껏 바라만 보다 구름도 흩어진다

돌쩌귀 떨려 나간 정든 대문간에
공사판 일꾼들이 점심때 기다리며
서느런 주춧돌 위에 쭈그려 앉아 있다

일당으로 사는 나날 가벼운 밥그릇
무너진 담장 아래 민들레 헛웃음이
자식들 얼굴만 같다 국물이 식어간다

할 말 있는 풍경

말은 필요 없다
손이 대신 앞서기에
손톱 밑에 고여 있는
조각난 시간까지
저물녘 혼자 앉아서 구두 밑창 뜯고 있다

몸 부딪쳐 해야 할 일
맡아서 해주느라
양 손바닥 노랗게
앉아 있는 눈물꽃
어쩌면 내 가슴 왼편에 박혀 있을 그런 꽃

편의점 인간*

집요하게 물어내는 설움이 퍼져오는
말의 말꼬리가 자정을 넘어올 때
공복은 맡아본 듯한 비린내를 받아 든다

도시락 앞에 놓고 따분히 드는 수저
혼자서 밥 먹는 게 울컥할 일이었나
생수병 뚜껑을 열며 하루를 삼켜낸다

느낌표 옹알이로 살 오르던 시간들
가렵다고 음소거로 터뜨린 게 나았나 봐
공평한 새벽의 허기 맞이하는 간이 식탁

* 무라타 사야카의 소설.

4부

기념일이 지난 자리

바람은 커피 잔에 엉겨붙어 쪼그라들고

물기 마른 싱크대는 쇠구슬 소릴 낸다

뒹구는 몇 켤레 신발 제 짝도 못 찾는데

무심한 전화기만 곁눈질로 흘겨보다

닫혔던 수도꼭지를 힘껏 열어본다

책상 위 마른 꽃다발 그림자만 길어진다

드라마틱

이파리 떼지 않은
꽃 한 단 사 왔다

진초록의 이파리
적당히 떼어내야

꽃병에
꽃답게 꽂힌다
비로소 꽃이 된다

불균형한 시간들
비스듬히 지나간다

이십 년 뒤 어느 날
나는 꽃병 속일까

가끔씩
꿈이나 꿔보는
단역으로 끝날까

서서히 일어나는
욕망이다, 드라마는

더 잘나서 더 어려서
그리고 무엇으로

오늘도
나를 떠본다
이래도 질투 안 해?

뺨의 연애사

괜찮냐 묻는 말이 목덜미 핥아내는
가만한 한낮에도 안녕은 팽팽해진다
자국 난 비명이 들려?
들으라고 운 건데

조금씩 뜯겨 나간 얼굴의 페이지
발목에 감기는 줄 모른 채 마주 보다
서로의 양 볼 겨누어
방아쇠를 당긴다

남겨진다는 것

육지를 사랑했던
동화 속 인어처럼

그리운 모든 것은 물거품이 되는 걸까

썰물 때
놓쳐버리고
햇볕에나 말라가는

버터플라이 키스

눈먼 별 뜨려는가
나붓나붓 잠이 온다

귀밑머리 솜털이
한결 더 가지런한

속눈썹
초속 5센티미터
나비가 날아든다

식은 편지

목구멍에 탁, 걸려 뱉지 못한 중얼거림

방바닥 귀퉁이를 온종일 굴러다녔다

옅어진 눈꺼풀 위로
납작하게 눌어붙은

출처도 잃어버려 무효해진 문장들아

뜯어진 소매라도 붙잡을 수 있었다면

단숨에 쪼그라들어
스러지진 않을 텐데

활을 켜면

어깨에 얹힌 채로 어줍게 안겨든다
햇살이 현을 켤 때 마른 바람 스며들어
머무는
음계의 살결
발바닥도 귀가 돋는

스물을 건넌다는 건 흔들림을 견뎠다는 것
수천 번 더 흔들리며 어른이 된다는 것
스치듯,
맞닿은 우리
동심원을 그린다

변신

고삐 풀린 미열이
섭섭하게 들뜬 흰 밤
빈 데를 더듬는데
서러워진 손바닥

주먹을 사이에 둔 채
뜯어지는 날개들

떠난 이름들이
부화하여 나불대고
문드러진 꿈마다
어둠이 드리우는

허기진 입김 틈새로
굼벵이 기어간다

자진 신고

무엇을 잃는다는 건
자신이 준 벌이랬나
괄호로 점철된 시간
그 밖으로 빼내자며
괜찮다 읊조리던 입
베어내야 한다며

이만하면 됐지 싶은
일상의 선심 속에
뒤늦게 깨우치는
자정의 부스러기
부재중 기억 조각을
뒤적이며 맞춰본다

무엇이길래

커서가 깜빡이자 허물 벗는 뻣뻣한 입
한나절 멈춰 있다 물 잔도 비어 있다
내뱉는 날숨마저도 미세먼지 가득한

단물만 감지하던 나른한 혓바닥
온종일 굴려본다 기도하듯 절절하게
손끝에 닿는 것만이 미더운 건 아니라고

침이 고이기 전에 감각을 놓치기 전에
단호하게 가부좌 튼 머리를 공글리면
받아 든 한 줄 문장에 실핏줄이 번져든다

간빙기

거울 속 얼굴이
울긋불긋 심상찮다

꽉 찬 몸의 시공간
비워달란 경고인가

혈관 속
진드기들이
내지르는 비명인가

몸속의 빙하들이
조용히 풀리기를

차가운 실핏줄이
스스로 데워지길

디톡스,

여름을 바친다

콧노래가 말개진다

낯선 포옹

그리움이 모자라서 울먹이던 너를 두고

한 겹씩 짙어가는 나뭇잎 채도를 잰다

가만히 토닥이는데 알 것 같은 다음 말

그거 알아?

심장이 없으면
우리는 죽는다던데
심장을 볼 수도
만질 수도 없으니까

온전한 자기 모습을
영원히 알 수 없겠지

언제나 낯설다니까
거울 속 내 모습은
자신을 사랑하래
나도 나를 모르는데

태어나 나로 사는 건
풀지 못할 수수께끼야

매너리즘

습관처럼 되뇐 말은
순간 무미해진다
습관 같은 기도문은
이제 그만, 눈을 뜬다

입술로
뱉어낸 말들
상투적인 약속들

아무것도 아닌 말이
턱관절에 삐걱대고
음절로 흩어진다
남은 온기 하나 없이

무엇이
되고 싶어서
설익은 채 굴렀을까

숨

시든 꽃 뿌리 쪽에 흠뻑 물을 준다
물관이 부지런히 퍼 올리는 저 숨결

흉곽을 활짝 젖히고 그 곁에서 숨을 쉰다

위아래 횡격막이 탄성을 내지른다
온몸의 가장자리가 메마르지 않도록

발가락 저릿할 만큼 혈관 속을 비집어온다

턱 당겨 두 눈 감고 어둠에 빠져들면
정수리로 모여들어 두드리는 몸의 문들

생각도 없는 생각을 하얀 천에 받아낸다

사는 게 詩詩하네

시를 쓰면 뭐가 좋니
시집 내면 돈이 되니

쓸 수밖에 없으니까,
먹고사는 길은 아냐,

단숨에 발가벗겨진 그 말 앞에 가만 섰다

술 한 잔 되지 못한
몇 마디를 채워 넣고

독한 것, 내뱉으며
눈을 한번 치켜뜬다

그래도 미끄덩하며 뭔가 빠져나간다

현대성을 교직하는
정형 양식의 따뜻한 전위前衛

유성호 문학평론가·한양대학교 국문과 교수

1. 동시대의 언어로 씐 시조

이나영의 첫 시조집 『언제나 스탠바이』는 현대적 사유와 언어로 씐 명실공히 '현대'시조의 미학적 집성集成이다. 그 안에는 시조에 흔히 나타나는 '숲'이나 '강'이나 '바다' 같은 자연 배경이 드물게 나타나고, '사찰'이나 '유적지' 같은 절조絶調를 품은 초월의 공간이 거의 없고, 구투舊套의 말 매무새가 전혀 등장하지 않는다. 시인은 전적으로 일상의 문양이 박힌 동시대의 언어를 시어로 채택하여 도회 한복판에서 자신만의 시조를 개척해간다. 우리 시조가 의존해왔던 아어雅語 지향, 자연 지향, 고전적 깨달음 지향의 전통으로부터 한껏 비켜서면서 이루어지는 이나영의 시조 미학은, 말할 것도 없이 '현대'시조에 대한 언어예술로서의 양식적 탐색 의지에 기초해 있다. 가령 그녀의 등단작을 두고 "전문적인 의학·과학 용어가 시어로 도입되어 효과적으로 운용되고 있는 점"과 "형식에 구애되지 않는 새로운 발화"(이정환)를 높이 평가한 사례가 있었거니와, 그만큼 이나영의 시조는 우리 시조시단에서 전통적 정서로부터 가장 원격에 위치해 있는 세계일 것이다. 그렇게 그녀는 '시조'가 현대인의 일상적 사유나 감각과 얼마나 근접할 수 있는가를 보여주는 매우 뜻깊은 실례로 다가오고 있다.

　주지하듯이, 우리가 시조를 안정된 형식과 시상詩想을 담아내는 전통적 양식으로 인지해온 관행은 퍽 오래되었다. 그동안 시조에는 사람들의 공통 감각에 속하는 정격正格의 정서가 담기는 것이 상례였고, 전통 정서로부터의 파격破格을 시조가 도모하는 일은 꽤 불편하게 보였던 것이 사실이다. 자연스럽게 시조는 사물이나 상황과의 불화보다는 화해를 지향하고, 새로운 것보다는 익숙한 것을 선호하고, 내면적 갈등보다는 그것의 치유 쪽으로 무게중심을 할애해왔다고 해도 틀린 말이 아닐 것이다. 그런데 이나영의 시조는 그러한 전통적 흐름과는 다른 길을 택함으로써 현대시조의 양식적 확장 가능성을 한껏 부여하고 있다. 그러한 세계를 통해 역설적으로 우리가 추구해온 가파른 욕망들에 대한 반성을 촉구하고 있으며, 우리가 잃어버린 원형의 마음을 회복하고자 하는 열정을 강하게 보여주는 것이다. 아마도 그것은 현대성을 결합하여 시조의 양식적 가능성을 한껏 늘리려는 사유의 결과일 것이다. 물론 이는 율격의 새로운 이완이나 변주를 통하거나 인접 양식과의 결합을 통하지 않고, 정형 양식의 견고한 위의威儀를 지키면서도 현대성의 음역音域을 넓히려는 노력에 의해 나타난다는 점에서 더욱 정형 미학의 뚜렷한 정화精華로 다가오게 될 것이다. 이제 그 세계 안으로 한 걸음 들어가 보도록 하자.

2. 삶의 역리逆理와 아이러니의 시정신

대체로 시인들이 자신들의 시 세계를 구성해가는 기본 축은 사물의 속성과 내면의 출렁임을 매개하고 통합하는 사유와 감각에 놓일 것이다. 앞에서도 암시하였듯이, 이나영의 시조는 형이상학적이거나 윤리적인 구심들을 현저하게 비켜 가면서 그 안에 담겨 있는 구체적 감각과 율동을 장악하고 표현하는 데 매진하는 세계이다. 언어가 가지는 선명한 실감을 시조 안쪽으로 치밀하게 산입算入함으로써 한결 동시대의 우화寓話에 가까워지고 있고, 오랫동안 자신의 몸속에 축적해왔던 사유와 감각의 극점을 매우 구체적인 일상어로 들려주기도 한다. 이러한 시인의 의지는 추상보다는 구체를 통해 세계에 다가서려는 의지의 표명임과 동시에, 언어적 실감을 한층 높여 세계의 실상을 개진해보려는 욕망의 결과일 것이다. 사물 깊은 곳에 출렁이는 감각의 물질성을 잡아내 그것을 사물의 존재 형식으로 끌어올리는 데서 발원하는 이나영의 시조는, 이처럼 사물의 순연한 이치를 고분고분하게 승인하기보다는 은폐된 곳에서 일고 무너지는 삶의 역리를 적극 탐구하고 형상화해간다. 그것은 자연스럽게 일종의 아이러니 미학으로 연결되는 성향을 띠어가게 된다. 다음 작품을 한번 읽어보자.

어쩌다 떨어졌나
두 번째가 휑하다

단추 없는 단춧구멍
일 인분의 외출
성기게 뜯어진 말이
삼인칭으로 들려온다

비스듬히 걸어가는
문밖의 시든 풍경
한 번씩 휘청대다
긴장하며 바로 선다
너 없는 내가 있을까
나 없이도 네가 될까

못갖춘마디로 끝나버린
홀로 남은 약속, 약속
두 손은 흩어지고
표정에도 올이 풀려
우리가
놓인 자리를
조금씩
기워가는

−「잠금 해제」전문

　시인이 관찰하고 표현하는 대상은 어쩌다 단추가 떨어져 휑해져 버린 '단춧구멍'이다. 그 구멍을 통해 흘러나오는 "성기게 뜯어진" 3인칭의 말을 듣는 시인의 감각은, 단추가 떨어져 나가 구멍이 비었듯이 결국 못갖춘마디로 끝나버린 자신의 "홀로 남은 약속"으로 이어진다. 그 과정을 통해 시인은 '나'와 '너'는 홀로 있는 것이 아니라 호혜적 공존의 원리에 의해서만 존재 가능함을 알게 되는 것이다. 그때 "표정에도 올이 풀려/ 우리가/ 놓인 자리를/ 조금씩/ 기워가는" 것은 시인이 '잠금 해제'를 통해 긴장하며 바로 서는 과정을 은유하고 있다. 오랫동안 자신을 잠가놓았던 어떤 힘들에서 자유롭게 풀려 나옴으로써 우리가 놓인 자리를 조끔씩 찾아가는 시인의 실존적 노력이 부조浮彫되어 오는 작품이다. 그렇게 이나영은 일상에서 "불현듯 쳐들어오는/ 어둠"(「정전停電」)을 품어 안으면서도 "자신을 지우는 아침"(「출근 버스가 수상하다」)에 이르기까지 '나'와 '너'와 '우리'의 존재 방식을 묻고 있는 것이다. 다음은 어떠한가.

한사코 뿌리치는 너의 어지럼증엔

무언가 있지, 싶은 가을날 해거름 녘

비밀리

자라고 있다던

뇌하수체

꽈리 하나

좁아진 시야만큼 햇빛도 일렁인다며

태양의 밀도 속에 움츠러든 코로나처럼

궤도를

이탈하는 중

너는, 늘

오리무중

  –「흑점黑點」전문

　자연과학 용어가 시의 언어로 활달하게 채택된 이 작품은, 태양보다 온도가 낮아 어둡게 보이는 현상인 '흑점'을 핵심 제재로 삼고 있다. '흑점'이라는 은유는, 비밀리에 자라고 있는 '뇌하수체 꽈리'처럼 오리무중으로 어지럼증을 보이는 '너'에 대한 속성 규정으로 옮아간다. 가

령 흑점이 자라나 폭발에 이르면 태양의 밀도 속에 움츠
러들게 되는 코로나처럼, "좁아진 시야만큼" 궤도를 이탈
하는 '너'에 대한 우려를 담고 있는 것이다. 이는 "비밀리/
자라고 있다던/ 뇌하수체/ 꽈리 하나"와 "좁아진 시야만
큼 햇빛도 일렁인다며/ 태양의 밀도 속에 움츠러든 코로
나"의 대비 관계, 이를테면 몸속의 변화와 우주의 변화를
데칼코마니로 대응시키면서 우리 주위에서 만날 수 있는
"중심 잃은 몸을 향해/ 시선을"(「Answer Is Simple」) 보내
는 시인의 마음을 잘 보여준다. "꿈마다/ 어둠이 드리우
는"(「변신」) 삶의 궤도를 이탈해가는 불투명성에 대한 우
려를 암시해준 이 작품 또한 현대시조만이 수행할 수 있
는 스케일과 디테일을 함께 보여준 실례라고 할 수 있을
것이다.

　　한순간도
　　고요한 적 없는
　　생각이
　　꼬리를 문다

　　꼬리에서

가지를 치는
사뿐한
눈발처럼

그럴 때
확, 쓸어내 줄
무엇은
또 없을까

쓸데없는
호기심이
나를
키워냈듯이

질문은
질문으로
스스로
답을 찾고

생각을

버리지 말자

알아서

지워진다

ㅡ「루시드 드림Lucid Dream」 전문

　'루시드 드림'이란 '자각몽自覺夢'이라고도 불리는데, 꿈이라는 사실을 알고 꾸는 꿈을 말한다. 시인은 한순간도 멈추지 않고 꼬리를 무는 생각의 연쇄가 마침내 "사뿐한/ 눈발"처럼 가지를 치려 할 때, 그런 생각을 "쓸어내줄/ 무엇"을 탐문해본다. 생각해보면 우리의 삶은 "쓸데없는/ 호기심"으로 이어져 왔고, 그것은 "질문은/ 질문으로/ 스스로/ 답을" 찾는 과정 아니었던가. 비록 자각몽처럼 곧 지워지겠지만, 그것은 "꼬리표 달고 있는 물음"(「면접비의 쓸모」)을 통해 우리의 삶을 가능케 한 힘으로 남아줄 것이다. 이러한 질문과 대답의 간단없는 과정을 통해 시인은 "스물을 건넌다는 건 흔들림을 견뎠다는 것/ 수천 번 더 흔들리며 어른이 된다는 것"(「활을 켜면」) 같은 성숙의 역설적 지혜에 이르렀을 것이다.

　서정시의 기본적 창작 동기는 시인 스스로 자신의 삶을 돌아보는 자기 확인의 욕망에 있다. 이러한 성찰 과정은 자기애自己愛를 동반하면서도 스스로의 삶에 대한 반성적 성찰을 수행하는 역동적 실천 전체를 아우른다. 이러한 과제를 이나영은 삶의 역리를 발견하는 아이러니의 정신으로 돌파해간다. 이때 시인은 '단춧구멍'이나 '흑점', '루시드 드림' 같은 일상적, 전문적 용어를 택해 우리 삶이 투명한 순리에 의해 하나하나 엮여가는 것이 아니라 숱한 아이러니를 통해 불투명하게 한 발씩 힘겹게 나아가는 것임을 에둘러 보여준다. 아이러니의 시정신은 그렇게 상식의 안이함 반대편에서 발원하는 것이다. 이처럼 우리 시조가 안이하게 지탱해온 상식의 재생산에 도전해가는 이나영은 뻔한 화해적 종결을 거부하고 있다. 그런데 더욱 중요한 것은 그녀가 재현의 리얼리티를 부정하지 않는 놀라운 균형을 가지고 있다는 점이다. 그래서 그녀는 언어적 세공細工만이 아니라 구체적 삶의 감각을 탈환하고 회복해가는 존재가 '시인'임을 증언해가는 것이다. 그만큼 이나영은 기억의 잔상殘像을 소박하게 재현하지 않고, 위반과 전복을 전략적으로 구사하지 않으면서, 감각의 구체를 통해 삶의 역리와 아이러니를 보여주는 시인이다. 경험적 실감과 반성적 사유가 만나는 거점을 그렇게 만들어감으로써 삶의 역리와 아이러니의 시정신을 보여준 그녀는, 이 점만으로도 우리 시대의 유니크한 장인匠人으로 또렷하게 떠오를 것이다.

3. 주변부 타자에 대한 관심과 표현

그런가 하면 이나영의 시조를 가능하게 하는 또 다른 힘은, 사물과 대상을 바라보고 전유하는 사랑과 연민의 힘에 있다. 그녀의 시조는 우리가 속도전과 성장주의를 통해 치러왔던 정신적 불모 상황에 대한 반성의 계기를 만들어내면서, 중심의 삶이 도외시한 주변의 삶을 바라보고 타자를 향해 관심을 가지는 것이 얼마나 중요한지를 암시해준다. 타자들을 향한 사랑과 연민으로 원심적 확장을 보이다가 결국 자기 자신의 내면으로 귀환하는 구심적 힘을 통해 이나영의 시조는 우리를 한없이 매혹한다. 소외와 배제에 의해 현실에서 한 걸음 비켜난 존재자들에 대한 관심의 영토를 개척함으로써 그녀는 타자 지향의 목소리를 뚜렷하게 한 것이다. 물론 이나영 시인은 우리가 그동안 크게 각인해왔던 거대서사grand narrative를 좇기보다는 그러한 서사의 행간에 묻혀 있던 국외자적 서사에 더 깊은 관심을 가진다.

물걸레 빨아 널고

고무장갑 벗어내고

비상구 계단에서

빵 한 쪽 뜯고 난 뒤

화장실 한쪽 구석에 밴 땀을 말린다

보이지 말란 말에

갑갑한 숨을 잡고

환경도 미화도 없는

지하로 내몰리고

참았던 마음 쏟듯이 쓰레기통 비워낸다

반도네온

리듬으로

저들의 목청 속에

거친 숨

몰아가며

오랫동안 춤을 춘다

악센트

발끝에 실어

찌든 날 걷어찬다

　－「비상구 탱고」 전문

　건물 비상구 계단에서 물걸레 빨아 널고 고무장갑 벗은 채 잠시 쉬면서 빵 한 쪽 뜯고 있는 "환경도 미화도 없는" 한 사람을 시인은 응시한다. 보이지 말란 말에 지하로 내몰린 "참았던 마음"이 땀으로 한숨으로 나올 때, "반도 네온/ 리듬으로" 그가 추는 '비상구 탱고'야말로 목청 속에 거친 숨 몰아가며 오랫동안 간직해온 역설의 춤이었을 것이다. 악센트 발끝에 실어 '탱고'처럼 그동안 찌들었던 마음을 걷어차면서 해방을 가져다주는 순간의 예술이 그때 펼쳐진 것이다. 이렇게 "오늘도 어제라며/ 눈물을 글썽이던"(「미완未完」) 존재자들을 마음으로 품으면서, 이나영의 시조는 그것을 지극한 감상感傷으로 몰아가지 않고 '탱고' 리듬 같은 역설의 예술로 풀어가고 있다.

버려진 족자 사이 떠도는 고양이

고개 든 포클레인 흙덩이에 덮일까

배고픈 봄바람 타고 구덩이를 질러간다

무덤 같은 그곳에도 봄볕이 찾아와서
강아지풀 한 더미 한나절 놀고 가면
눈치껏 바라만 보다 구름도 흩어진다

돌쩌귀 떨려 나간 정든 대문간에
공사판 일꾼들이 점심때 기다리며
서느런 주춧돌 위에 쭈그려 앉아 있다

일당으로 사는 나날 가벼운 밥그릇
무너진 담장 아래 민들레 헛웃음이
자식들 얼굴만 같다 국물이 식어간다
    ─「달동네를 훑다」 전문

'달동네'라는 매우 평범하고 드물지 않은 삶의 외곽성
을 시인은 시조 안쪽으로 데려온다. 그곳을 구성하는 풍
경의 세목은 "버려진 족자"나 "배고픈 봄바람", "일당으로
사는 나날", "가벼운 밥그릇", "무너진 담장" 같은 것들이
다. 무언가를 무너뜨리고 있는 "고개 든 포클레인"의 삶
이 봄바람 타고 질러가고 있는 것이다. "무덤 같은 그곳"

에도 봄볕은 찾아오고 강아지풀은 놀고 가고 구름은 흩어진다. 공사판 일꾼들은 주춧돌 위에 앉아 "민들레 헛웃음이/ 자식들 얼굴만" 같아 보이는 환각을 식어가는 국물 앞에서 경험한다. 비록 따뜻하고 살갑고 아름다운 신생의 봄이 오고 있지만, 봄을 역주행하여 식어가고 버려지고 무너져 가는 소멸의 현장이 거기 대조적으로 오버랩되고 있는 것이다. 그 달동네를 여러 형상으로 훑으면서 시인은 "반쯤 끊긴 울음의 결"(「고양이를 부탁해」)을 듣기도 하고, "방향을 틀지 못해 말없이 다문 표정"(「환공포증」)을 바라보기도 한다. 모두 우리가 "등 돌려야 볼 수 있던"(「잡초라 부르지 말아요」) 주변부 삶의 모습일 것이다.

말은 필요 없다
손이 대신 앞서기에
손톱 밑에 고여 있는
조각난 시간까지
저물녘 혼자 앉아서 구두 밑창 뜯고 있다

몸 부딪쳐 해야 할 일
맡아서 해주느라

양 손바닥 노랗게

앉아 있는 눈물꽃

어쩌면 내 가슴 왼편에 박혀 있을 그런 꽃

―「할 말 있는 풍경」 전문

　그러나 시인은 그 주변부로 하여금 "할 말 있는 풍경"
으로 거듭나게끔 한다. 이제 풍경은 발화의 주체가 되어
스스로의 말을 한다. 아니 어쩌면 말은 필요 없을지도 모
른다. 그 풍경은 손톱 밑에 고인 시간을 다해 저물녘까지
혼자 앉아 구두 밑창 뜯는 누군가로 구체화한다. 그 풍경
을 일러 시인은 "몸 부딪쳐 해야 할 일/ 맡아서 해주느라/
양 손바닥 노랗게/ 앉아 있는 눈물꽃"이라고 명명한다.
이 "눈물꽃"이라는 비유적 명명은 우리의 "눈물을 저장해
줄/ 눈물을 퍼트려줄"(「눈물도 월세」) 생명과도 같은 몸짓
이요, "어쩌면 내 가슴 왼편에 박혀 있을 그런 꽃"인 셈이
다. 그네들의 삶은 "처음이 마지막처럼/ 뒤집어서 처음처
럼"(「모래시계」) 꿈쩍 않는 일관성과 건강함을 지닌 우리
시대의 퍽 구체적이고 생성적인 외곽성의 풍경일 것이
다. 이처럼 이나영은 우리 시대의 주변부를 관찰하고 표
현하면서도 이른바 재현의 감옥을 벗어나서 자신만의 상

상적 언어를 탐구해간다. 그녀의 시조는 아나키적 에너지를 통해 우리 삶을 구성하는 다양한 원심력과 구심력을 동시에 통찰하고 있고, 문맥적 정합성보다는 존재자들끼리의 불연속적 충돌을 통해 나타나는 현상의 복합성을 발견하고 있다. 더러는 중층적 은유나 비선형적 구조를 통해 기억이나 전언의 투명성 자체를 방법적으로 흩뜨리면서 스스로의 개성적 전언傳言을 생성해낸다. 우리 사회를 이루는 공공적 기억을 담으면서도 그것을 내면으로 수렴하여 비애의 감각으로 안아 들이는 이나영의 사유는 그 점에서 퍽 개성적인 권역으로 등극하게 된다. 또한 그것은 시인 스스로에게는 가열하게 살아갈 힘을 제공하는 장치이기도 할 것이다. "몇백 자 그 몇 마디로 함축되는 삶"(「대답해보시오」)이라고 말할 수 없기 때문에, 시인은 자신이 관찰해온 이들의 삶이 뚜렷하고도 강렬한 시적 기념비monument로 남아 우리 시대를 충실하게 증언하게끔 하는 데 최선을 다한다. '비상구 탱고'를 추거나 '달동네'의 '눈물꽃'이 되어 세상을 적시는 생동감 있고 건강한 삶의 뿌리들이 우리 시대의 중심으로 환하게 들어오는 순간이 아닐 수 없다.

4. 삶에서 발견하는 경이로운 이법

이나영 시인은 항용 첫 번째 작품집이 가질 법한 '성장 서사'의 문법을 훌쩍 넘어, 다양한 음역을 보여주는 이채로움을 우리에게 건네준다. 우리 삶이 가지는 아이러니와 주변부적 속성을 증언하면서도, 또한 자기 자신의 시간으로 회귀하는 성찰적 자의식을 첨예하게 드러내고 있는 것이다. 이때 그녀의 자의식을 구성하는 질료는 구체적 경험에 대한 선명한 기억이고, 그 기억을 통한 자기 회귀의 의지이다. 이러한 실존적 의지야말로 우리가 비록 과정적인 존재자일 수밖에 없지만 그럼에도 불구하고 물리적 시간을 넘어 전혀 다른 시간을 생성해갈 수 있는 방식을 가지고 있기도 하다는 사실을 알려준다. 이때 이나영의 시조는 예민한 상상력을 통해 일상에 편재해 있는 불모성을 치유하고 새로운 소통 가능성을 꿈꾸게 하는 양식으로 한결 진화해간다. 그렇게 시인은 더러 사물이 일으키는 작은 움직임을 묘사함으로써 생성의 활력뿐만 아니라 소멸의 질서까지 한껏 경험하게 하기도 하고, 세상 표면에서 펼쳐지는 속도전 대신 오랜 그리움이 들려주는 미시적 음성을 듣기도 한다. 그 과정을 삶에서 발견하는 경이로운 이법으로 현상하고 있는 것이다.

　　육지를 사랑했던
　　동화 속 인어처럼

　　그리운 모든 것은 물거품이 되는 걸까

　　썰물 때
　　놓쳐버리고
　　햇볕에나 말라가는
　　－「남겨진다는 것」 전문

　　그리움이 모자라서 울먹이던 너를 두고

　　한 겹씩 짙어가는 나뭇잎 채도를 잰다

　　가만히 토닥이는데 알 것 같은 다음 말
　　－「낯선 포옹」 전문

이 두 편의 단시조는 '그리움'이라는 서정시의 전형적

정서를 통해 걸러낸 형상을 우리에게 보여준다. '그리움'이란 결국 남겨진 자의 정서인데, 끝내 탕진되지 않는 사랑의 잔영처럼 남은 그리움은 마치 "육지를 사랑했던/ 동화 속 인어처럼" 비록 물거품이 되어 사라질지라도 "썰물 때/ 놓쳐버리고/ 햇볕에나 말라가는" 모습으로 남게 될 것이다. 물론 말라가는 것은 필연적 소멸을 예감하게도 하지만, 그 천천히 진행되는 과정은 남겨진 자의 삶이 다할 때까지 이어져 갈 것을 또한 암시하기도 한다. 시인은 "그리움이 모자라서 울먹이던 너"에 대한 회상도 노래하는데, 짙어가는 나뭇잎 채도를 재듯이 "가만히 토닥이는데 알 것 같은 다음 말"을 '너'와의 낯선 포옹을 통해 알아간다. 여기서 '알 것 같음'과 '낯섦'은 이질적으로 충돌하기도 하지만, '그리움'과 '울먹임'을 지나 서로 간의 새로운 앎으로 나아가기 위한 필연적 과정으로 나타나는 것이기도 하다. 이러한 그리움을 시인은 "빤하게/ 툭, 던져진 말"(「사이렌은 울리고」)로 노래하지 않고 "지워야 채울 수 있는"(「여기 누구 없어요」) 순간으로 선명하게 인화해 간다. 아름답고 또 깊은 서정성이 여기서 발원하고 있고, 이러한 면은 이나영으로 하여금 앞으로도 지치지 않고 서정시를 써가게끔 하는 원질原質이 되어줄 것이다.

헐겁게 돌아가는 우리의 나사들이

귓바퀴에 매달려서 끊임없는 신경전이다

가끔씩 목소리마저 망가졌나, 풀어졌나

책상 서랍 깊숙이 숨겨놓은 너를 꺼내

별들과 별들 사이 음계를 조율하면

내 안에 잠든 운율도 노래가 될 거야
  ―「십자드라이버」 전문

  우리의 삶은 "헐겁게 돌아가는" 나사들로 구성되어 있
다. 귓바퀴에 매달려 끊임없는 신경전을 벌이는 나사들
은 가끔씩 목소리마저 풀어지기도 하고 망가지기도 한
다. 그럴 때 필요한 것이 '십자드라이버'이다. 시인은 책
상 서랍에 숨겨둔 드라이버를 꺼내 "별들과 별들 사이 음
계"를 조율하면서 "내 안에 잠든 운율"로 하여금 노래가

되게끔 하는 비약을 감행한다. 잃어버린 목소리를 치유하고 "혼자뿐인 길에서도 매무새 가다듬고"(「보이지 않는 관객을 향하여」) 살아가는 예술가로서의 '음계/운율'이 십자드라이버라는 매개를 만나 가능해지는 과정이 여기 섬세하게 재현된다. 그렇게 이나영 시인은 강렬한 한순간의 기억을 숙명처럼 받아들이고 자신의 예술적 시간을 이어가려는 삶의 형식을 펼쳐간다. 점착성 강한 감각으로 그 오랜 시간을 구체적으로 그려내고 있는 것이다. 그 형상들 안에는 "물살 빠른 시간들"(「버뮤다 삼각지대」)이 흘러가더라도 "역광으로 보는 저녁"(「빰」)에 언뜻언뜻 들리는 음계와 운율이 그리움처럼 남아 있을 것이다.

이처럼 이나영은 '그리움'과 "내 안에 잠든 운율"을 통해 모든 존재자가 현상계의 존재 방식을 취하다가도 신생과 성장과 소멸의 상상적 과정을 끊임없이 이어가는 경이로운 이법을 노래한다. 그녀에게 어떤 순간의 소멸이란 그 자체로 비애를 머금는 것이지만, 시인으로서는 그것을 심미적으로 완성해야 하는 책무 또한 잊지 않는다. 시인은 이번 첫 시조집에서 이렇게 심미적 리듬감을 지닌 율동의 노래는 물론, 역설적 생성의 에너지를 사물의 소멸 형식에서 찾아간다. 그래서 그녀는 모든 존재자

들의 역설적 신생을 꿈꾸는 긍정의 시인으로 나아가게
되는 것이다.

5. '시인'으로서의 실존적 의미 탐색

궁극적으로 이나영은 '시인'으로서 실존적 의미를 스
스로에게 묻는 시인이다. 말하자면 자신의 시조가 삶의
다양한 징후들을 담아가는 감각과 사유로 출렁이게끔 하
면서도, 그녀는 '시인'으로서의 존재론적 정체성을 스스
로 묻고 답해간다. 어쩌면 그녀에게 '시인'이란, 언어의
도구적 기능을 넘어 삶 자체에 대해 직핍直逼하고 탐색하
는 존재를 함의하는 것일 터이다. 이 점, 자성적이고 귀환
적인 서정의 원리에 충실하면서도, 나르시시스트로서의
면모를 훌쩍 벗어나는 그녀만의 독자적 특성인 셈이다.
더불어 이나영의 시선에 들어오는 뭇 존재자들은 시인이
써가는 시조의 실질적 원형이 되어주면서, 사물 그대로
의 모습으로 생생하게 등장하기도 하고, 시조의 양감量感
을 구현하기 위해 시인과의 상호 연관성을 풍부하게 부
여하기도 한다. 물론 시조는 감각적 구체와 함께 사물의
연관성을 짧은 형식 속에 포괄함으로써 언어가 가질 수

있는 잠재적 자질을 최대한 효과적으로 활용하는 양식이다. 그래서 이나영은 언어를 사용하지 않는 상태에서 사물을 그려내는 다른 예술 형태들(음악, 미술, 무용 등)보다 훨씬 더 구체적인 감각과 사유를 시조를 통해 보여준다. 이나영은 구체적 언어를 통해 새로운 현실을 구축하면서 우리의 몸 안팎에서 잊힌, 그리고 몸 안팎에 가득한 시인으로서의 의미와 속성을 두루 복원해가는 열정을 마다하지 않는 것이다. 그 점에서 메타적 자기 반영의 목소리도 이나영의 중요 특성으로 부가될 수 있을 것이다.

화장실 타일 사이 곰팡이 바라보다
튕겨난 어휘들 가지런히 놓아본다
비워낼 몹쓸 말들이
소문내며 핀 저녁

끝없이 침이 튀어 그만 말을 줄였더니
문장도 되지 못한 흐트러진 말의 각도
제 등을 맞대고 선다
한 몸이 되기 위해

뱉어낸 문장들이 네 쪽으로 부딪힐 때

말의 조각들 어디서도 찾을 수 없고

깊은 숨 틈새에 끼어

돋아나는 낯선 발음

　　－「젖은 말의 안목」 전문

　일상에서 발견하는 문장론文章論이 여기 펼쳐지고 있
다. 시인의 시선이 머무는 곳은 가장 일상적인 공간일 "화
장실 타일 사이 곰팡이"이다. 거기서 시인의 감각이 잡아
내는 것은 "튕겨난 어휘들"과 "비워낼 몹쓸 말들"이다. 그
제야 시인은 비로소 자신이 줄여온 "문장도 되지 못한 흐
트러진 말의 각도"가 서로 등을 맞대고 있음을 알게 된다.
가령 자신이 줄여온 문장과 뱉어낸 문장은 서로 찾을 수
없는 말의 조각이 되어 "깊은 숨 틈새에 끼어/ 돋아나는
낯선 발음"으로 자신을 규정해온다. 그렇게 "젖은 말의
안목"을 통해 이나영은, 비록 '시인'으로서의 "온전한 자
기 모습을/ 영원히 알 수"(「그거 알아?」)야 없겠지만, 그럼
에도 "지나간/ 말의 유효"(「냉장고 파먹기」)를 반성적으로
성찰하면서 삶으로부터 "받아 든 한 줄 문장"(「무엇이길
래」)을 치열하게 써가는 자신을 스스로 확인해갈 것이다.

비록 "출처도 잃어버려 무효해진 문장들"(「식은 편지」)일지라도 그 안에는 "나 아닌 듯 나인 것이/ 참으로 신비로운"(「별안간」) 순간들이 충일하게 흐르고 있을 것이다.

뱉어낸 한마디가 시큰하게 박혀 있는
빗장뼈 어디쯤일까 못 자국 난 언저리에
다 마신 맥주 캔처럼 구겨진, 내 얼굴

엄지로 꾹꾹 찍던 놓쳐버린 문자들이
허공을 더듬다가 제풀에 굴절되면
뜨겁던 말과 말들이 식어간다, 한 방울씩

맺히다 떨어지는 눈물의 옹송그림
농도 짙은 몇 마디가 흩어져 직립하다
기우뚱 지구 한쪽이 젖어든다, 남모르게
　　　－「카니발의 시작」 전문

흔히 '카니발'이라고 하면 비일상적 축제를 상징적으로 함의하는데, 여기서는 이나영 시인의 '시 쓰기'의 확연한 은유가 되어주고 있다. 시인은 어디선가 뱉어낸 한마디가 빗장뼈 어디쯤 못 자국 난 언저리에 박혀 있음을 고백한다. 엄지로 찍다가 놓쳐버린 문자들이 한 방울씩 식어가는 순간에 시인은 "맺히다 떨어지는 눈물의 옹송그림"도 남모르게 지구 한쪽을 젖게 할 것을 믿는다. 그때 시인의 말은, 위에서 읽은 '젖은 말'이 되어, "불균형한 시간들"(「드라마틱」)을 조정하면서 "입술로/ 뱉어낸 말들/ 상투적인 약속들"(「매너리즘」)을 넘어 "물관이 부지런히 퍼 올리는 저 숨결"(「숨」)처럼 새로운 "농도 짙은 몇 마디"를 완성해갈 것이다.

이러한 실존적 고백을 통해 우리는 이나영 시인의 '시(시조)'를 향한 강렬한 자의식을 속 깊이 들여다보게 된다. 이는 이번 시조집에서 가장 비중 있게 들어오는 목소리가 바로 시조에 대한 메타적 탐색의 지향임을 알려주는 실례일 것이다. 이나영 시인은 그렇게 시조가 자아 탐구와 예술적 욕망의 불가피한 형식임을 사유하면서, 시조가 가장 근원적인 언어에 닿으려는 궁극적인 실존적 몸짓임을 완벽하게 노래하는 것이다. '시인 이나영'에게 '시조'란 이렇게 존재론적 발견을 가능케 하는 유일한 방법이면서 스스로를 완성해가는 더없는 기율인 셈이다.

118

우리는 언어를 통하지 않고는 어떤 의식도 형성할 수 없고, 어떤 사물이나 관념도 언어로 구체화되지 않으면 우리의 의식 속에 존재하지 못한다. 그만큼 언어는 사물의 질서를 의식 안에 구성하는 유일무이한 매개체이자 존재 생성의 원리이고, 시인들은 언어를 통해 사물의 질서와 근원적 실재에 가닿으려는 호환할 수 없는 의식을 가진 존재라고 말할 수 있을 것이다. 이러한 언어의 본질적 기능을 통해 삶의 심층에서 사물과 내면의 파동을 조감하고 담아내는 데 목표를 둔 시인들로서는, 스스로 '시인'으로서 지켜야 할 '시 쓰기'라는 행위에 대하여 치열한 자의식을 가질 수밖에 없다. 우리가 읽어온 이나영의 시조는 이러한 '시인'으로서의 자의식과 '시인'으로서 가닿고자 하는 궁극적 대안對岸을 선명하게 보여주는 사유의 언덕이 아닐 수 없다. 그녀로서는 계속 "쓸 수밖에 없으니까"(「사는 게 詩詩하네」) 시조를 써왔다고 말하지만, 사실 그녀에게는 '시조는 (나에게) 무엇인가' 하는 질문이 간단없이 스스로에게 주어져 왔기 때문에 이러한 성과가 가능했을 것이다. 이때 그녀에게 '시조'란 삶을 담아내는 반영체이기도 하고 자신의 삶을 성찰하면서도 아득하게 뭇 타자들을 향해 번져나가는 언어적 파동이기도 할 것이다. 그 과정에서 이나영 시인의 사유와 감각이 빚어내는 기억의 운동은 참으로 그러한 파동의 구체적 육체를 구성하는 큰 힘이 되어준 것이다.

결국 이나영 시인에게 '시조'란, 자신에게는 자유와 사랑을 동시에 허락하면서, 세상을 향해서는 생성과 소멸, 순간과 영원, 결단과 망설임, 정착과 방황의 속성을 모두 던져주는 유일무이한 삶의 형식이 되어줄 것이다. 첫 시조집에서 현대성을 교직하는 정형 양식의 따뜻한 전위前衛로서의 예술적 속성을 이처럼 멋지게 갈무리한 시인은, 이 세계를 딛고 넘으면서, 앞으로도 '시인 이나영'으로서 더 다양한 언어를 발굴하고 채택하여 자신의 시조를 현대성의 첨예한 예술로 만들어갈 것이다. 그래서 우리는, 이나영이 현대시조의 우뚝한 봉우리로 한 걸음씩 진경進境을 개척해가기를, 마음 깊이 응원하고 또 소망해보는 것이다.